天体あるいは鐘坂

杉本徹

思潮社

天体あるいは鐘坂

杉本 徹

思潮社

目次

裏窓 8
影絵 16
緑蔭 18
ロザ、リオ 20
些細でありながら 30
もくせいの夜は 36
風の貌 40
ヒュペーリオン 44
空中都市 52

†
木曜歌 60
ネ・ム・リ・ヘ 64
シュターツカペレ 68
A twinkle 70
群青の 76
真鍮のボタン 84
歌あるいは街の名 86
アクアリウム 92
スワンベルク画集 96
忘れられた惑星へ 100
カンテラ 110

カバー写真　村松桂

天体あるいは鐘坂

裏窓

港区と隣接する某区との、境に、川と階段があり、ある日そこを直線に走り抜けていった驟雨ののち、光を呼ぶ器のひとつも身を、ひそめる。「ソラ、ソラノ、ウツロ」……青白い、雨の珠、ひそかな、クラクションの陽炎。等間隔に風が影をはこぶ、そのさまをながく橋の上からみた。月と太陽の対話を窓にうるませ、三階は空室、やがて二階だけ、落日。

知らない地名にもきこえる小声の、川音
川音よ、……陽の筆跡の結ばれては消失する、その漣のいとなみに

瞳をこらし
五秒後の地球を思う
それはなんて遠い未来――きっと幾度も
夜が明けるだろうそして深い昼は閉じられるだろう
きっと歩き疲れて行き着く新緑の、葉叢ごしに
乳白色の街灯の
ねむらない座標を
わたくしは確かめるだろう

蜥蜴らしきちいさな移動が、繁みへ。ちいさな、セミコロン。……草深い、それはノートであり、順になびく、なびくページの、

崖下に、

と口にした、バスを降りた後ろかげの、足先の草の途絶えに、見え隠れする箒と、箒星。日暮れの店舗裏はどこも不連続な迷路だから、早足で抜ければ、異様に晴れた空の突端に出喰わすだろう——不意に、そこは、足先はるか眼のくらむばかり、つかのまの都市俯瞰図だった、と。

十八時のなかには種子が孕まれている——ついにシラブルが芽生えて、雑踏に散った。くらい路地のはてに、聳え立つ、高層ビルが鳥の名で呼ばれた。さかさに、この景を裂けば、青がにじむ。何ごとかの開演前の、長蛇の列をよけつつ縫えば、鳴る、……鳴るもの、無限に錯綜する人影のなかを曲折し転がり墜ちるもの、……の音《ね》を、振り返らない。

あわよくば瀕死者の影を踏み、風を踏み、エニシダとともに道を離れ、

メトロから地上への、つねに薄暮の通路、

宇宙の、座標を、わたくしは確かめるだろう、

……………………

テ・デウムの音域をよぎる横断歩道の人波に揉まれ、散逸した、低地の霧とみまがう時間の粒子たち。六月のてのひらに冬の迷宮を読むのだろうか、うつむいて、架空のスマホを覗く人と、すれちがい、ここがどこなのか、……角度により最上階の窓が、火星？　航空灯？　に染まるビル群の谷間、なのか、わからなくなる。ながい旅だ。昼と夜について小声で語りつつ、人が、せわしく行き交う。渋谷川は、どこだろう。あの静かな、黒い、某日の光の帯は。そして渦と細流のむかう、裏窓のような滞留の、場所は。

露にまみれた郵便受けが、点々と、この路地にだけつらなる。封書のなかにきのうの空が仄見え、だから配達の行為はきょうの、空の斜面を、時差とともに渡る。いまも、ゆくえ知れずの弧が、電柱に隠れた。

モーション、雨後の傾斜に、線路を覆う草木が繁る、身を反らす——朽ち葉は、くちぐちに。みえない線路は、夜半の海の痕跡を残すからあんなに、引いては寄せ、遠のくのだ、と。

路地の縦糸を、ひとつ外すと
不意の空き地にそこだけススキの穂がいっせいに、ゆれていた
ムサシノは照明とともに、矩形となって

ビル街に
着地したのだ、鳥居をよけて
……あちら向きに、抱一らしき影がうずくまる
落ち穂をひろう
「アルトナへの道は陰翳の彫りが深く線一本にふれると黄金にかがやいた」
と語った

夜になる寸前の、くらく、あかるい空の、……ひろがる雲の、かたちの裏側から洩れるものがあり、それがつかのま縁取りとなって、無限遠に連鎖する雲を、確かに巨大な地図と、告知する。いま目測しなければ、だれもが、方位と所在をうしなうのだ。籬《まがき》をつたい、やがて月は、ロータリーを旋回する。

階段に、窪があり、樹液がにじみはじめた。コンクリートの建築はきっと、た

だひとりの靴音を反響させ、少しずつ樹木と化すのだ。
高架を渡るのは車たちではなく、未知の風の列であり、
月は、旋回する、
渋谷川、……黒い、某日の光の、
どこだろう、裏窓のような滞留の、約束の、場所は、

影絵

電車のルートの線描がかすれ、途絶えると
そこに
燦々と陽の降りそそぐ無名の、時間がひろがる
花のない釣鐘草の輪郭が、土に踊る
その囲われた夏に仰ぐ、星座の馬の行路はかけがえのない満ち欠けのまま
風に消え
またの日の掌に
あらわれるのだ十字となって――
そっと歯で砕く氷片にまぎれた

高音域の
それはつらなる鉄塔を結ぶ高圧線の、風鳴りのかけら
そういって鈴なりの草の実が笑う
青ざめた逸話を奥へ
奥へ折りたたむ葉叢に、弓絞る音のゆくえを聴くひとの
失踪は、影絵のようなもの
永遠の八月に隠されたカンヴァスの地平に
ほうったプリズムは
黄道の
最後の光をいま凍えながら濾過しはじめる

緑蔭

自動改札を抜けメトロの最後尾
……その辷りこむ銀の車輛は小舟、なのか
遠くただようスターバト・マーテル
こうして、ひたすら降下するエスカレーターに寄りそう
下降旋律に
呼気をあわせ
この傾斜の上下どちらの極に
鬱蒼とまどろむ緑蔭が、いまもゆらぐか
確かめようとする――

ああどこまでもみえない極、緑蔭、……土鳩が時間をくわえて着地し
わたくしの夏の歩みはその湿り気を帯びた一隅に、はじまり
足どりは綴り字をえがき
そして振り返った道の強い陽射しに、溶けた
……位置に困惑し、はるかな下界に眼をほそめると
そこに
もうひとつのくらい川面が
ふたすじの、線路の光を弾いて
隧道《トンネル》のはての見知らぬ宇宙を、指した

ロザ、リオ

――六枚の夏の写真

1

夕闇
ひとひら
押し殺されて
浅い底をながれるみどりの黒髪からたどる角度の
秒針、の光もあった
ソノユクエ、シラズ、……潺《せん》々、潺々、
漣を切ってだれか口にした、「なんてきれいな、アレノ――」すると古アパー

トの、あれは採光窓だろうか彎曲するガラスの、風にさからう軋みは暗がり、

はっと、残響のような灯が入る、
窓に灯が入る、いま六月をよぎる冬の、風と、なり、たい、

…………………………

心が騒ぐ、
商店街のくずれから思いがけず踏みこんだ、足下は
月面につづく暗渠
となって
ユキズリノ、カバン、鳴イタ――
足下の、みえない水の刻み目に散乱する地球時刻の
うつつ
耳澄まし問う
下北沢ニ、光ガ鳴イテ、

……「トビラ、アリマスカ」
はっと、残響のような灯が入る、
なんのヒバナ？
陽炎の気配たなびき路地裏を縫う。線路の、灰白色の脇道にはきっと居場所がないのだろうアレチノギクたち、どよめく。草葉、点々、感光され、れば、

なんてきれいな、ワカレミチ――

時間は道のはての結び目に結露して、身籠る、ことがある、ようこそ暗星！

2

校舎裏の非常階段の、陽の射さない下闇はうっすら苔のように変色し、けれど
いつかすべてのアングルが離陸し渦巻く景となるのだろう、奇妙に空洞的な、
身軽な、冷えた、ある待機の気配を隅々に充塡させている。……静まりかえる。
ドクダミ、ヒルガオ、そして手の届かない鉄錆から一滴が空隙に墜ちた。

振り返ることで
きょう出会うことのできた、地球に遺された色彩――
それは薄くあかるむ川面とみまがう
空
やがてボタンを掛けちがえた記憶と、道をたがえた気づきが、斜交いに訪れる。
川面から月面へ、ならばなんの過誤もあるまいに、蔭干しのジーンズやら鸚鵡、
といった軒先の消息にびくりとする。この数歩もあかるむながれなのだろうか、
少し、少しずつ地球の、しき、さい、滲透する、……、風に溺れ、

かがんで、風の抜け殻の舟の模型を壁に、立てかけると濡れていった。

3

数滴ガ、

雨ノ数滴ガ
コンナニ、鳴イテ、時間ニ、ヒロガル、
鳴く、声に
映る樹々は
目深に、あたりいちめん覆いはじめる
ロク、ガツ、ロザ、リオ、ロク、……

4

どこだろうか、
とある階段下で
馬蹄形の残照をみあげ
眩むと、
……曲がり道はどこまでも灯のない時間の渦につづいたのだ
声なき声で樹々が
騒ぐ、
路面の
雨あとの黒の不定形《アモルフィ》
と唱え
ソコカラダヨ、……ソコカラサ、

影曳く勾配にゆるやかな（……無重力、の？）
歩度をあわせ
眼をとじる――
薄暮、暗色、
ちがう、そこは
光年に棄てられた夜／歌の満ちる場所
「あらゆる映画は川だった」
「賑わいの裏側を、雑踏の背後を、ながれ」
「消える日の、凍える手を水底の光に差しのべた」
惑星の
棄てられた夜／歌の満ちる場所、……その
ビル壁の奥で、雨はいまも細い韻律となってひろがっている

5

雨あがりの
自転車に跨がったまま
掌に薄光りをつつんで（孵すしぐさで）
立ち話
していた人と
すれちがい、のち、
赤土と腐葉土。水飲み場の蛇口の光をひねる、と、それは掌のなかで何の、何
ごとへの、はるかな合図なのだろう。どこ、どこへの、……置き去りの合図？

永遠にねむるために、この惑星に、来た、と告げる——
そんな、擦り切れたヴィデオ（冬の、月の、剝製？）が、高層ビル地下通路の
暗がりで、……みる者もないまま点滅しながらなお、映されていてわたくしの、
たどりつくべき

街は
そのゆらぎの画面のむこうにあらわれる、のか

気象台につづく、木《こ》の間隠れの薄暗い石段を抜けようとした。頭上のざわめき
を渡る無人の舟のような、葉叢のゆらぎに、いっしんに耳傾ける。この時間も、
いつか早送りされ遠い大気の、波紋、……トナルノ、カ
ながされ、ただよい
さまよったスーパーの
林立する墓やペットボトルの
木の間隠れにも
わたくしはこうして月齢をのぞむことができる、……はず

6

あの、残像の夏の再生される場所で、風を釣り
　するとと手のなかの囲繞地で、火曜日も翻ること、わたくしは知る
夏をゆく郵便の影がふと、展翅され
　すると影を喪ったあれら文字列の、忘却されるままの飛翔が歌であること
　　……わたくしは知る
人の絶えた路線図は、蔓草の抽象なのか
　振り返ると、あらゆる夕景はつねに機の音に似た
通過する歩道橋から、影が地上に落ちると
　いちまいの地図の孤独となって舞う（ひろうことはできない――）
遠い光の切れ目で鳴いたヒグラシ、その翅模様の市街図を
　わたくしはひろいあげたい
　　……ひろいあげようとした、跪《ひざまず》いた
夏の終わりの、半月の記憶は、唇でだけふれることができる

些細でありながら

――北村太郎に

駅の雑踏、九月、水銀、……と、備忘の目録を書きつらねる。紙なんかなくて、いい。空があればいい。剝がれない、遠い、青に、書いても、すべて不在の事柄であり、わたくしの晩夏の記憶も熟れてゆくただ一箇の、不在の出来事、として――いま、時間を、
帰路と呼んでみる町はずれの
片蔭で
西陽を鋭角にあざやかに切りとる、電線の照り映えを
ずっとみつめていたい

その、沈黙は鉱石――ここから空へ墜ち、

地の、秋。古いレコード盤の黒。風、廻る。

ヒグラシの声はどこから降るのだろう、……どこへ、消えてゆくのだろう、それはつねにここではなく、ここから少しだけ離れた、けれどだれも気づかず、近寄れない、無限遠点の地層(時層)からにじみだす裏返しの命、のようだ。ハナミズキの若木の裏へ、裏へと、遠ざかる人影の、生が灯った。……生も、にじみだす、語ろうとする。

(ココニ、イタノデスカ――)

ふと、ヒグラシが消えて数日たったと、思った。通りすがりの、マンション、エントランスの、囲われてうきたつ赤色灯の空間がどこも無人で、永遠に無人で、硬質な懐かしさがこみあげる。建築に区劃された夕闇をくちずさむのが、姿のみえない翼族の日課——気づいて振り返った。

（ココニ、イルノデスカ——）

ヘリコプターの灯、避雷針、坂のある町、……これも目録、と唱えると、いまここが片時、澄んだ、行きずりの虚空に変わる。虚空はてのひらに弾む、か。JRに乗り換えると高架が多く、地平まで視線がまっすぐ、透明に張りわたされる、ことがある。そのように誘われる。澄んだ、電車のゆれにつま先は虚空を踏む、か。水没ののちゆらぐ樹を、思う。

放置された自転車を、ヤブガラシが覆う
後輪の
蔓はすでに、車軸の影すら巻いて

（コノホシニ、イタイデスカ――）

枇杷の実、柿の実、日附のはてから雨は来て、去った。クヌギの実、カシの実、
湿ったアスファルトに時間の隙より落下しては、鮮烈に、砕ける。軽やかな、
破砕音――何ごとか、些細でありながらどうしても届かない芯のような、その
音をきく。

地いちめんの、秋。古いレコード盤の黒。風、廻る。

もくせいの夜は

――富澤赤黄男に

秋晴れの、木星の、……痕跡が、坂の、灰色の壁をよぎった
Iggy Pop の、La Vie en Rose の
ささやく
くぐもった再生音がそのあとを、追った
（軌道を継ぐのだろう、時折、……ゆくえ知れず）
光る水路のあちら側の、ガレージに落ちた梢の影だけ、二、三、いつまでも
ふるえている――「僕は雲にのろうとした」
二、三の、あなたの言葉の角度も風の、カーヴとなって
ふるえていた、いま、蜘蛛の涙とまじわった

九月が、過ぎ去ろうとする

なぜ、九月は足早に遠ざかろうとするのだろう
なぜ、湿った腐葉土に靴先を沈め、だれか光の錐の生る、樹を、みあげたのか
割れた寒暖計のおしえる日附が、いつか
日附のない天体の古層に、墜ちて、ねむる

あなたが最後に書きつけた「ガラスのコップ」に、きょう、満ちるものを
聴こうと、振り返る
翳る空、するとこの一劃だけ、不意に静かな町となった

……………………

空車は、ソラの、くるま――
奥へとひろがる公園の、ベンチに鉛筆がころがり
その廻転も持ち主のいない秋の車輪の、音と、知った

ペリカンタクシーという一台と、すれちがう、裏道の、まばゆい陽に打たれる
地上のビルの
あわいにはつねに、風と壁、……鎖された自動ドアの
表面はくらい水で、人たちがしきりにこちら側を通過しても、波立たない
石蕗の字のなかにある路地のように、そこに、たどりつけない

風の貌

――E・A・ポオ「エルドラドオ」に

金星にはぐれ、イヌタデの生い繁る小道を、踏み分けた。日記という楽器の、ような反射は、川の底のブリキ缶――結び目を聴く姿勢で薄陽の尾をてのひらに受け、何度も、閉じた。ススキの穂の、眼は地上の線路光なんかみていない、ましてメトロ一輛の床が、湿原であることなど。

＊

十月は、鏡、その奥の鋳をうねりながら過ぎる風の貌、だった。きのうねむりながらわたくしはイオニアの市場へいった。かなたの、石垣の裏で笹の群れがいっせいにささやいた。

＊

梨を売る店、いや梨の影を売る店、陽が傾くにつれ沿線の商店街は無限にどこまでもつづく。ひそかに、流しの窓あかりのなかで、ブランコがゆれている。出来事はいちまいのチラシとなって、屋上からまぶしく舞い降りる。編まれた雑踏は地球の暗がりで、少しだけほどけていった。

＊

緋の色の髪？　跳ぼうとして立ち止まった影よ、遠い洗濯物のはためきがあなたの翼だった。カザ、グルマ、と読んでほうり投げた紙裏から宇宙までの、距離。モウ、イイカイ、……カエリ、ミチ、スベテ、ギン、ノ、イト、十月は、鏡、その奥の空をうねりながら語る風の貌、だった。

ヒュペーリオン

——懐かしくも未知なる都市

ベラルミン、と署名された紙を折り
……折り目から眼をあげると、路地の切れ目に冬の光が射す
斜めの、それはあまりにも不意打ちのまばゆさ
わたくしは気づく
ここは何度も（何世紀も、前から？）、通過した場所であり
だから、並木も隕石も
あんなに親しいのだ、と——
むこうの、ビル壁の巨大広告の痕跡すら
そっと語りかける

……曜日が、隠したものを
けれど月には火がともらず
ただ黙ってほの白く、道ゆくひとを俯瞰し
いつか目立たぬまま欠け、雑踏に沈む
立体駐車場の、屋外灯の白にまぎれた午後おそい青空の
月、もあった
くらい路肩に身を寄せ
バス路線図を上からたどると、都市は
どこかで、漏斗状に分岐し渦巻くのだと知る
……晴海通り、世田谷通り、どちらが日没を早く終えるか
どちらが、無重力の真空に信号を点火させた、か

風を開け、そして降りそそぐ黄葉に頬を染めた
「語られた地球ではなく、語られなかった終焉が、星の光となって届く」

この都市に、届く――
メトロの入口から吹きあがる気流にあおられ
車道わきにかたまった月の色も葉も、いっせいに流れ
騒ぐ
コンビニの灯も漣立ち、紙背をゆくひとよ
あなたの去った冬は深い路地奥の、開けられなかった鍵穴のような
あの一点の光のなかで、きょう、鍵状にふるえている

（鍵状の、冬、
（開けると、……開けるときの、何世紀もの、音、のこと、

賑わいを逸れた校舎裏、濁り水の置かれた温室――「ここで雨の、音をきいた」記憶に似た彎曲の、汚れたドアの内部を指した、ひとは、廊下ではなく、

のちの日を渡る。雑草は眼をひらいたまま踏まれる。わたくしは人知れずカフェにて片肘つき、店先の日よけに吊るされる籠をみていた。生涯のなかの、籠のなかを、せわしく移動する一羽の文鳥の、声を、きいていた。

かの地へ語りかける翼の素振りは、鮮明に逆光にうきたつ。わたくしは冬の、もうひとつの雨を追って、いま、かわいた舗道にうつむき、数秒後、仰いだときにだけあらわれる建築の、最上階を、確かめようとする。

……手紙の白さを囲いつつ、夕闇は夜に近づく
あらゆる冬の夜はこの紙の白を囲いこむ幾層もの、澄んだ襞であり
ならば、この折り目ある白の薄光りこそ
昼、そのもの
なのかもしれない

こうして――たいせつな昼を幾枚か、そそと重ね
眼をつむるように
飛ばそうか
永遠にだれも知ることのない消印とともに
飛べよ
時間の遠近法を、すり抜けて

時折、ビルの谷間の静寂や
タクシーの灯の縦列を、ほどくために？　隕石が降る、……隕石が降る
ああいつの日か降りしきる、この街景について
その旨、あなたに返信したいと思う――
メーターの狂いを歌う、クラクションも先細る。いまやがらんどうの地下通路は都心にめぐらされた成層圏であり、音は、なべてそこにひろがり、沈んでゆく。急カーヴの一台の、走行線のまぼろしに、枯れたエノコログサ数本も、舗

石を割ってゆらめく。この惑星では、そのようにエノコログサが美しくゆらめく。

（数秒後、仰いだときにだけあらわれる建築、
（……建築の、最上階を、確かめようとした、

紙背をゆくひとよ、あなたの遠ざかるそこにだけ
雨は光り
紙をたたむと止む――
天候は変わるのか孵るのか、それとも
ゆくえ知れずの時空を巻き戻すための符牒、なのか
わたくしの来しかたは
甘やかな靄であり

洩れ落ちるあまたの声の道すじは、ついに追えない迷路となった
……湯気が立ち
コーヒーを覗き、この店を去る人びとも恒星とともに翳り
だれひとり追えない、追うこともない
遠い（何世紀も、のちの？）、未来の日に
べつの天体でかすかな音楽となってすれちがい
再会する、影もいる、か

そうだこの惑星からやがて、放たれた文鳥は巨大な吹き抜けの、いっそう上階の手すりへと、渦巻く昼夜のうねりを縫うように、飛ぶのだろう。ああ遠のいてゆく、ちいさなその軌跡が、いまおそらくわたくしの署名する、手もとの筆跡と、啼き交わす、……気配が紙に射した。

空中都市

――電線ははてなく染まり

ほとんど葉を落とした山手通りの樹木のむこう、くりかえしくりかえし引いては、満ち、都下の潮は鳴るのだろう。奥に、地平の出来事に彩られゆく密雲、薄れて、へこんだアルミ缶に残る陽は帰れなくなって、いる。こんな、とてもやわらかくうるむ陽の、点描の、通信、満つ。時間に沁みてゆく、落葉とともにふるえるその、渋谷系遊星――さわさわ吹き寄せる遊覧、星《せい》、よ。

さかんに、近くて遠い漣、……ゆっくりと傾いてゆく深い宇宙の海溝に、沈むのだろう東京。だから雑踏を縫いとる濃淡のゆらめきの線、人群れに射しては

消えるよわい光の、交錯にはっとする。それは瞬時に忘れられる挿話の尾で、
喧騒の絶えた商店街のはずれで、不意に糸目となって甦る、ことがある。
……糸目を、わたくしは、つたう、
地階がカレー屋の、雑居ビルのまだら闇。
逃避行、という言葉が美しい。

ああ美しい、凄絶な、空中都市を
警笛だか
チリンと自転車鳴らして
横切り
たい
Homemade Cookies となにげなく読んだ文字がとつとつ背後で細流となり、
アスファルトにすじをえがく。黒い、夕星《ゆうづつ》の水、だ、な。
坂上の歩道橋には中二階があって、夕刊配達の影の、駈け足で投げ入れた角度

でそこに、みえない扉があるのだとわかる。
宙空の
中二階の、家——
糸目を、わたくしは、つたう
都市の、風を恋して、いたい

恋して、いたい
……、
ながれる夕闇、一滴、いまきっとメトロの床にも落ちた。
列車が地下から地上へ、一気に抜けるとき幾本もの路線があって、ふと、乗り
入れることのない、一度も使われたことのない、見慣れない新鮮な鉄路のまっ
すぐな光が、視野の片隅に射す。……片隅？
夕刻に混みあう車輌の
座席で

両側からスマホにはさまれ窮屈に縮こまって本をひらくとき
せめてワタクシ、時間の片隅にうかぶカモメであれと、ネガウノデス

廃墟ニ、日附、アリマスカ——
十二月十二月、十一月、九月、……狂い咲きの雨模様のにじむポストカードに
捺された数列が、たどりつく先の、日附、デスカ。
シロタエノ、雲湧く新宿方面の、

高層の島々しらじらと、おのおの異なる海を窓に映して、かざす掌も眩む。
口づての
青空の一片に、はぐれた星座が息をひそめて
人の物語のどこかで
すずしくくずれようとしている

……つんのめった野良猫の、軌跡に道を確かめる。眼を伏せれば、ここは逆光の植物群の手をふる星。コンビニの、置き傘の心が羽ばたこうとしていた。巨大な何かの、痕跡という骸だろうか遠い遠い骨組みのような
星座
くずれようとしている
四丁目
距離の糸の、鳴ることのある空中路地に
一筆啓上、などと古風なあいさつをおくりたくなる

アア一筆啓上、
わたくしの郵便の方位は、凄絶に暮れて染まってゆく張りつめた弦、である。

空中ノ、樹木ヲ縫ッテ、ルン、ト鳴ル電線ヲ、渡ッテ、ユキマシタ、

空中ノ、空中ノ、燃エタツ、樹木ヲ縫ッテ、

大気のまだらにつられ
折りたたまれた物蔭の
台所の小窓に北極星の点をさがそうと、神山町、富ヶ谷、アーキ、ペラゴ、
黒くただよう刳り舟にみえてくる家々の集積の
奥に
空洞の
箏の舟の、一艘二艘
埋滅している
埋滅、という言葉がふさわしい。箏の舟、……音曲の野は袋小路に消えはてた
かと思えば、迷いこんだ畦の車のヘッドライトに、ぽっと照らされる。プリウ
ス、フェラーリ、と行き交うだけが暮らしではないぞと、
くちずさんでみる、水の

撒かれた路面の
光の糸に
歩をそえて

そえて、……歩ヲ、ソエテ、
そうだ渋谷の冬はこんなにも照り返すんだ深まるにつれ、遠く近く。夕闇深まるにつれ渦、渦巻くかすかな時間に沁みてゆく遊星、遊覧、星、たちの、軌道に、はらり舞うスタバの紙ナプキンに走り書きした☆も、さわさわ沁みていった。……追わない、そして着地も、しないだろう、わたくしは、もう、
着地
しない
秒読みだけ、してあげる

†

木曜歌

携えたページを折れば、林がひろがる。冬枯れの、わくら葉の堆積にそそと沈んでゆく風を、裏返す。その靴先のやわらかな感触が、遠ざかろうとする地球の、弓なりの背中だった。あかるむ郊外の、ここを、踏み分けない。つめたい陽の針を、文庫本の谷間に、落とした。

音だけのバイクの、去ってゆく、麗しい、軌跡が樹間でゆれている。もう、精霊になってしまった。近づくテニスコートで、滑空するものの気配がかすかに退いた。鳥の足あとの残る海岸線が、ここから数光年離れた町で、フィルムのようにながく伸びて横たわる。

くらい窓に階段が映る、人知れずわたくしはカウントしている、一段一段たどる孤影となって。花も、モノクロームの来歴を語りはじめる。先日の雨に傘もささず廃屋の板の、木の、眼は、月の、面輪を、みつめていた。オモワ、ひと葉を、つついて、キジバトが銀色に染まる。

すれちがうつま先が、行方不明になりたくて、自転車を漕いで北へ、ゆこうとする。地平線という線の、空白を渡ろうとすると、少しずつ陽が翳る。鹿らしきかたちにハンドルが照り映えた、瞬間を、届けて、風はわたくしの後ろにまわる。逢引の言葉だ。

人知れずカウントしている。どこまでも散り敷いてゆく銀色の、ねむりが、てのひらで裂けた、ら、時間の崖が匂う。

ネ・ム・リ・へ

都市の流星、尾を消す四音節――そのゆくえの角度をいっしんに焦がれる二月の夜、冷えた貝殻のつぎつぎ打ちあげられるビル街に、深むらさきの汽笛が響く。きっと空耳だろう。いま地下駅で杖つく人影が、立ち止まり、聞き耳をたてている。夕刊に印字された知らない地名に、東西線という吃水線をこえて、波濤がつぎつぎ打ち寄せている。ああ、見え隠れする地名、
どこだろう
知らない防波堤の
決壊したコンクリートに
湖水のような水たまり
ふるえ

深むらさきの汽笛が響く――
きっと空耳だろう
二月の
あらゆる水たまりには銀河の葬送の灰が落ち
地球も一箇の器であるという事実を、告げている
事実は、鳴る
器ならば、鳴る
鳴るだろう浮遊する首都高のアーチもくらい音叉にみえたかと思えば
視界から消える
夜歩く人の、かがんで見る夢は
地球に近づいた分だけ地層奥深くの
ケシの花の
匂いがする
揮発した輪郭までも、あわあわと立ちのぼる
追う手が、美しい。不時着した丸ビルという名の、都市のオンパロスの行き止

まりに、オキシフルの匂いも満ちている。なんだっていうんだ。古風な電話機が一台、凪いだ連絡通路で黒船にみえてくる。カートに積まれ搬ばれてゆく、粒子状の何かの在庫は、青でもない赤でもない。にじみ息づく色彩はむしろ、あかりの消えたあの四階の窓にたったひとつ残る、群青の空の裂《き》れ、である。ああゆらめく、ようだ、はるか、なごり惜しげに群青の空は、
海嘯をきいている
この時間も忘れられるために夢を織るんだろう——
いつも
つかもうとしても
背後に逸れてゆく終電後の
鉄路に
うかぶ水滴が語るのは
そんなしたたりである
幾台もタクシーの運転手は曲がるたびに
極地へと

首傾け
ショーウィンドーを絵解きしてゆく
波乗る、地上波
とは不思議な言葉だ
ここまで迫りあがる波頭の思いが
思い思いに
街路樹たちを
黒くゆすっている
コンビニに、まぎれこんだ地上の葉は
黄金の泥に
まみれている
この先のどこかに、焦がれた夜の降りそそぐ、心音のきこえる三叉路がある。
さかんに、みえない葉叢が騒いでいる。遠い稲妻の気配と避雷針。ベンチに引
かれた罫線。陶片。風の、なかにだけある、港湾。シグナル。硝石。
ああ追う手が、美しい。

シュタークカペレ

幾何学の花、とレオナルドの手稿に読んだように思うその半日後
横浜の港をくらく逸れる路地に積みあがった、飼葉と
再開発されては組み替わる無数のビルの形象とに、ひとつづきの歌の
きれぎれの痕跡を、聴いた——
歌唱は断たれることで、線ではなく面となってその空虚をかがやかせる
古い運河が黒く光を散らしはじめる
秒針が舟の角度で横たわると、流れる夜はどの涯てへとむかうのか
……大型トラックの後ろかげや、信号の点滅の粉塵にまぎれて失せる歌の
その消尽の刹那だけがわずかに

くちずさむことのできる音階のなごり、なのか
「みなとみらいは、みなとでもみらいでも、ない」
「むしろ野毛の町で、なみなみと酌む熱燗の猪口に、火星がうかんだ」
こんな斉唱が薄れると駅頭のにぎわいも果てる
早咲きのラナンキュラスが喧騒に落ちて、踏まれ、事後の気配となる
なだらかに潰えよ、拍手とともに――
振り返ろうとすると半身が
深く深く無音の天球に引きこまれる気がして踏みとどまるロパクで
ステルラ・マリスと呼べば観覧車の地上の影が
海風にどっとあおられ、不意に廻る
……廻りはじめる
横浜の、二月
どこまでも廻転する地球時間の中心にもきっと帆柱があるんだ
冬のこの夜それが発する軋み、という痛みは人知れず背後でまたたいていて

A twinkle

——入沢康夫に

書こうとした物語、書かれぬまま記憶からも消え失せた物語。ああ物語、わたくしの物語たち。それらはことごとく、いささかの関連性もなく書きとめられた（あるいは書きとめられなかった）情景の細部、細部の集積であった。わたくしはてんでばらばらのそれら細部を来る日も組みあわせ、組みあわせ直し、するとと数限りない細部は、沖へ沖へ漂うように拡散し、いっそう散らばり、つかみどころもなくなって、あるものはまったくべつの新たに生まれた細部に組みこまれ、あるものは放棄され、それら細部の集積は日々、微妙にぜんたいの色調を変化させながらなお、とりとめのない拡散と散逸のありようのうちにどこまでも、どこまでも遊弋しつづけてわたくしを誘うのだった。

少なくとも、幾年にもわたる冬の季節をわたくしは、そのような物語ないし物語断片群のたゆまぬ発生と組みあわせと消失の、飽きもせずくりかえされるそれら細部の点滅と拡散と散逸の、いっこうにかたちをなさない無償の（！）継続性のうちに没頭して過ごした。鞄をあけてはつれづれに取りだす断片群の、紙片たちの、そのじつに寄る辺のない感触こそ、わたくしの日々の手応えでありまた同時に、底知れぬ手応えのなさでもあったのだ。

都心から港町へ、港町から都心へ、電車に駈けこみ、巨大な円環をえがくようにわが物語断片群とともに、はてなくめぐりめぐったわたくしの日々。以下は、どの町かどで眼にしたものか、あるいは紙片に書きつけただけの情景の細部にすぎないのか、ともあれいくつか、記憶のままに列挙すれば――

なかばくずれた煉瓦塀のどこまでもつづく町はずれ、その曲折、通過したばかりの犬の影、煉瓦の残骸の内部に刻まれていた読みとれない、けれど懐かしい文字、キラキラ光りだしては消える思念のような遠い町あかり、そこに溶けこむ雑踏の、無数の鼓動の絵模様、……等々。

それにしても、あの日々、いったいわたくしはどこへ行こうとしていたのだろうか。どこへ、どの町へ。物語は、断片のその先の、語られない曲折のその先にこそつねに息づいているもののようで、いやむしろ、絶対に語られえない物語のなまなましいありかを認めるべく、飽きもせず都心から港町へ、港町から都心へ、巨大な円環ないし螺旋を、ぐるぐると時間のただなかにわたくしはえがきつづけたのか。……ああそうなのだ。時間という白紙、紙片。記された、記されようとした、記されなかった、わたくしの物語の断片、細部。

「無数の断片、それはもう無数の細部に、満ち満ちておりました」
「それはもう！　どのくらい無数かといえば、美しすぎて眼のまわるくらい」

「満ち満ちておりました、とさ」
「むかしむかしの、あの日々のこと――」

ここでわたくしのふたりの従者のうちのひとりが、女王に殺された豚飼いの首、はねられた豚飼いの首になりすまして、歌うたうのだった。ただもうらあらあと、夜気のとろけだすような声で、抑揚つけて、歌うたうのだった――「三月の満月の夜、ジルがジャックを殺した。ジルがジャックを殺した。胸からえぐりとったジャックの心臓を、キラキラヒカル星（A twinkle in the sky）のように、ジルはたかだかと掲げた。ジルはたかだかと、掲げた」

最終連は、W・B・イェイツ「三月の満月」より、大幅に補足改変しつつ引用。

群青の

あくる日の彗星を追った、……深夜の渋谷の地下道は不意に、眼の前に放射状にあらわれ、ひろがったのだ。その多方向の遠近を目測で確かめ、記憶する。前日、喧騒を避けた小公園で裸木のひとつが、熟れきった西空に走る罅のように、枝をひろげて聳えた——不意の地下は、あの形状そのもの、と知る。

ハセン（……破船？）、と鳴る枝々のいっせいのゆらぎを、わたくしは聴いていた。方位の裂け目に、孤独な樹影は身じろぎし、忍び入ろうとしていた。それは航海の、ゆらぎ？　進水までの数秒、だろうか、わたくしがたたずんだのは。

数秒、あかがねの残照に鈴を走らせて
すばやく巣へと羽ばたくものの気配、北青山の電線の光は
だれにも気づかれず
見知らぬ星座の空洞を、つないでいた

ベツレヘム、その子音も裂け目だった。混んだ夕刻のＪＲを降り、思わず振り
返る。つかのま空から降るものたちよ、車窓を濡らせ。したたりも、裂け目
――窓の蒸気の曇りを斜めに割り、ひとつ、ふたつ、雨滴の、……つらなり、
そこに射す晴れ間の、ピアニッシモの、

キオスクを過ぎ、サフランをひろう
……まばゆい高層階に、歩道橋の天使の
抜け殻がビニールシートとなって舞い、あがる

マンションを区劃する門灯の、暖色の、静かな時間をシャーレで受けるひと、
あなたに託そうとしたわたくしの、群青の、母語――仰いで、クダサイ、

透明な磔刑を、知ってる？
ただひとりの指の間に宇宙がしたたること、を

再生した廃盤から洩れる光のノイズも、確かな言葉だった。ウメモドキの赤い
実が、路地奥で、それを聴いていた。時間差ノ、電車ガ、宇宙ヲ、ハコブナラ、

ドア、アケテ、クダサイ、……赤い実が、聴イテ、イタ、赤、イ、イ、
……、そうだ暮れてゆく宮益坂の、……いま、囲うてのひらの
内側が、ほっと、あかるむ、

あかるむ
車列の点滅は
何の孵化のしるしだろう、何の——

薄い雲の移動してゆく先にも暮らしはあって
傾いたキャリーバッグから
雨滴や雹がこぼれる

なびくものを地図とした、……
風のなかにも暮らしはあって

遠望する、地平の涯てで
夕陽裏の道は金星の痕跡のように、細く光る——
数日前の雪だまりが歩ごとに角度を変え、くらく反射する
病院らしきあえかな白も
高台で
影をまといながら
時間に溶けてゆこうとする、……わたくしは時計をもたない
なぜなら
あらゆる風と景が時間、そのものだから
……………………

ゆくあてと来しかたの
黄金比を
不意にあざやかに横断するヒコーキ雲よ
つねに、残像であれ
……残像であれ
群青の、母語の、はじまりと終わりを
そこでずっと無機質に結びつづけて、いておくれ

鐘坂、影坂、……いま急発進したバイクの後ろすがたはモノクロ、でも遠ざかるにつれ順々に、色彩をまとってゆく。風のなかの茜色、あれはベイカリーに灯ったあかり。涯てで、べつの天体がまたたく。

鐘坂、影坂、……附近、路地裏の映画館のスクリーンで、異邦の見知らぬ街が点滅している。それも刻のふるえ——あたりは漣立つ。ゆるくさざめき枝分かれする道もむこうの、時折の物蔭で浮遊し、離陸する、の、か。軒先をこえ、首都高をこえ、ひとの記憶すらこえて、

彗星となって、

真鍮のボタン

晴れわたるコンクリートの壁を切り、せまい気流のような階段が踊り場へと
影を、一段、三段、語ろうとした。裏道をゆく者の眼を、誘うのだ。
グレゴリオ暦のなかのこんな些細な一劃でも、花は萎れ、
鵙のするどい声が
角度ごと痕跡となり、いまは錆となって斜めに走る。
紙くずも、寒風の旅に出ていった。
壁ぎわのぬかるみの足あとは、雨の残した地上の、コドモ――
音楽のなかに棲みなさい、話し言葉は藻屑だから、ね。

晴れわたる冬空の青は弧をえがいて傾斜し
北西をよぎる緯度線にふれた裸木が、尖端を、さらにさらに奥へ
届かせようとしている。カスタネット？　二重窓？　その家屋ごし、
ボーキサイトを蟋蟀のまぼろしが渡っていった。
眼をとじて見る。かくれた地平の
まばゆい季節の繁みに埋もれたままの、
真鍮のボタン、なかばくずれた叢に重心をとって、わたくしは耳を澄ます。

話し言葉は藻屑だから、ね。ダべる言葉は。

（気づいているだろうか、
（わたくしの語るのはずっと、月の正方位の言葉であったと――

歌あるいは街の名

ここ、アゼンス街の雑踏が消えると（――それは消えるもの）、街灯の喉ごし、曇り空を裂いて、稲妻のまぼろしが走り抜ける。あれが天の、冬の最後の、秤の形象である、

北へ、輪郭のないバスが遠ざかる。記憶をほどくとわたくしの夜々が路面に落ち、騒ぐ樹影となり、そしていっせいに空を手招く。大気には静脈の匂いが満ち、背後へ、背後へ、流れ去る。あざやかな、約束の青がこのとき唇に、にじむ、

ロバノミミ？　そうだそこへ、電話しようと思った、曲がり角の、ビル窓に地平の都市の全景がゆるる沈んでゆくから。表面の彎曲は眼くらむばかりの遠さを語り、かつ、さざめき笑う。頬白の影が割れると、綿虫のカデンツァが光にうかび、

二十四時へ、二十五時へ、先細ってゆく道があり、でもまだこんなあかるい市街と四辻なのだ。わたくしが、指させば文字盤は急速に色をうしない、キオスクで、改札口で、それぞれ芯のない黒林檎に変貌してゆく。だから待ちあわせは、不可能、それ以上に無人駅のヒヤシンスのそよぎが何かの到来を（終焉を？）、るるる刻んでいた、

風の溶けたコーヒーを前に、語らうふたりのひろげた画帖には、曲線と斜線が交錯をつづけ、それは風のままに微妙に角度を変えて動くもののようで、いまは糸車、ふたたび眼をやると心臓、……にしかみえない。あれら線描たち、テーブルの木目の上でカタカタ鳴りやまず、

「街をはずれ、日附をはずれ
舞う雪は
魂たちの配列と錯雑の、たえまない紋様で」
「いまはうららかな春
だから
小壜を買おう——
そして内部の惑星に打ち寄せる波間の周期に、耳傾けたい」
「測れるもの、くりかえすもの

鳥の飛翔間隔、ピカデリーの幕間、晴れ間に掛けられた梯子」

「ああ晴れ間には、梯子がよく似合う、……」

「魂なんか、あるものだから！」


運命線のようなすじ雲のはじに、列車の残響が順に吊るされてゆく。地上ではいまも、パンタグラフが火花を散らす。やがて西方の、無限の森に差し交う枝々の無限のアーチを、悲鳴とともに車輛はつたう。……と、これは行きずりのビルの廻転扉になめらかに映りはじめた光景であり、語ろうにも、場面は徐々に移り変わる、みるみる廻転してゆく、

いつか深夜のレジスターにしまわれた揚羽が、店の奥で、音もなく告げていた、……「血、めぐり、人がた、廻《ゴンドラ》り」。通気孔から、とてもかすかな歌（という宇

宙?）が洩れ、それが覆うように導くように、明滅していた。遠く、まったく見も知らぬ星の、軌道の、澄みきった線の訪れを感じる。近く、街の血は薄らいでビル影の濃淡と混ざりあい、混ざりあい、浅瀬でしきりにまたたいてわたくしを招き、

アクアリウム

――富永太郎に

稀にしか出会わない、街景のうるんでゆく眺望――
この、地球の夜という水槽に
幾度も声にならないあいさつを、おくる
僥倖と呼びたくなる坂で、振り返るための風を待ちのぞんだ
どこかに
わたくしの知る階段が、なかば光の滞留に溶けこむ角度で
密集する建築群のまだらな影を従えているにちがいない、だから
その角度と
段差を

想像することは打鍵すること――打鍵すること

(波紋に、象られてゆくピアノ、この世でもっともわたくしの好きなもの、

シャンプー、アクアリウム、眼をとじた四月の、葉叢のゆらぎ、……
そのように一日が暮れてゆく
暮らしの推移の、水位の
水の皮膚は気づかぬうちタッチの強弱に、満たされ満たされ
ふるえ、やまない
若くして死んだクヌギが集合住宅の、せまい窓を
奥の空へとつなぐ――
原宿、野宿、どこかしら郊外への転調に、ここは染まりゆく道だった

じっさい聖アレキセイ寺院は東京西郊の高台に、黒い輪郭を
いつか、くっきりうかべたのだ——
ふつつかなわたくしの記憶はあてにならない
けれど
信号待ちの路面で
時に足もとに尖塔らしき鋭角のまま人ならぬ時間差の、影が
すっと射し入ることもある
記憶というものの片割れが、わたくしなら
群生するルリマツリのいざなおうとする、この時間の
もう片側に息づいているのはいったい何なのだろう、……
店舗の裏口の掛けがねを、外そうとする
音がきこえる

遅いめざめの渦のなかで、夢もまた韻のようなものを
踏むと、了解した
奇蹟的に、覚醒のまぎわに耳にした旋律を
しばらくは、わたくしはくちずさむことすらできたのだ
……雑事の渦にまぎれつつもこの春の日、夕刻、陽をあびてそこだけ
不思議にまばゆい
遠い遠い窓を
ただひとつ、眼にした静けさに気づき
すでに
ここは次なる夢の領野かとも、思う

スワンベルク画集

……川面を聴くように、ガラス器の砕片に耳寄せる。その、光なだらかな彎曲にゆくてを問いながら。一擲、日々をつたう暮らしを、一擲。五月の遠近法は暮れてもまぶしく、鮮烈に緑したたる記憶の対岸を順に、濾過しよう——器に照る空に。

低層マンションの廊下の手すりに沿い、どこまでも、陽とともに辷る無限映像——わたくしはその一齣にいる、わたくしはその一齣にいない。いつか北空に錆びた、針が遺棄され、眺望ははてなく病んでいるほどの、あかるさ。覆いかぶさる樹々の枝の、おおきくゆらぐスローモーションも。

抜け道、床のサヤエンドウ、店の通路の籠の洩れ陽、あるいは小窓に掛かる、
風染みのセーター。なべて地のシルエット、翻り。スワンベルク画集。

樹木の影さわぐ片隅の椅子から、どれだけ風の描線をたどることができたか、
備忘の日附という美しい数列から。……さわぐ川を、描く手よ。

小名木川をくだる笹舟は、だれの転出届――
見晴らしのいい防潮堤とあれら、湾岸ビル群の崖下まで
……ホースを撓わせて
せまい裏路地に、不意に水がほとばしると

驚いて飛びたった二羽の痕跡も、わたくしの描線
こうして
時間は散逸した二羽の
黒点のような、とりかえしのつかない不在に満ちて

牽牛のつのを売る露店は、きしきし、残像のまま白鬚橋を渡った。車まみれの表通りを逸れ、あそこの、町角という角《つの》を折れていった日。

彼はきっと町内と虚空を一巡し、天体軌道の轍にはまり、ままならぬ身の傾ぎをいくらか逡巡し、やがて泥飛沫を浴びた作業着に姿をやつすと、いま神社入口でそっと、柄杓を、つかう後背——手に一度二度、あれは宙《そら》の、川水を。

……まばゆいプラットホームで秒針の隙の、一刻、まだらにつづく打ち水に象られた群島を、みた。こんな、足下に俯瞰する海洋が駅の時間の、皮膜のむこうの姿、なのか。どよめき、波頭、人はいなくとも翳りかけの林檎や古新聞に、数年先の喧騒の潮が、みるまに水平に射しこむ。

セイレーン！　路地づたい電線の風切る音を、きれぎれの誘いと信じ（たのか）、わたくしは幾度もみあげ、みあげては、……旧都、風の描線を仰ぐように、

美しい数列へ。

忘れられた惑星へ

——五月歌

緑濃い小道から時が逸れたと思い、追うともなく視線を葉叢の、陽の散乱の無数のまたたきの裡へ織り、……織られ、歩ごと、ひろがるにまかせる。この拡散の単位を精緻な歌と覚り、わたくしはとぎれがち、無音をくちずさんだ。あかるい間隙を不意によぎった、親しいオオルリだろうか、その破れ目は過失ではなく誘いであると、澄んだ声の矢でしきりに示そうとする。

そこ、隠れた土地まで——日の終わりに
ひとのいとなみの終焉に
飴色に傾いてゆく懐かしいあの、風切り場まで

皿にうかぶ、空の絵模様
割れたかけらは日照りを慕い
過日の天候から欠け落ちたままのすがたで斜面のくずれの、北西に
いまも身を横たえる――
草がいっせいになびき、このひとときを痕跡とすべく音だけを
べつの日の
おなじ場所へと明け渡す、そして
これも何ごとの痕跡なのか――古い野外劇のプログラムを
片隅を打った遠い雨滴の音とともに
たたむ

一九二〇年代アメリカの地方都市を、直線ばかりの構図でえがいた無名画家のタブロー、の黄色がかった茶の均一なトーン、を思いだす。似かよった建築の

窓も屋上も、しんと静まりかえる、そこも五月だった――午後に歩くのはわたくし、ひとり、その日の風音は均一に塗りこめられ、時間の構図に射す逆光とともに唐突に、耳もとでよみがえる。

*

窓には空、そこまでは歩こうと思い暗渠を覆う繁みと木精に、残照とともに分け入る。貯水池でこの日みた水面を、たえまなくよぎり、ひろがりやまなかった漣は幾層もの光の疵であり、耳傾けているとどこかの尖《さき》から、人語のふるえとなって、……それは、だれの言葉、そこは、だれの棲む時間だったのだろう。

梢から染まる樹にそう問うた
わたくしのシンタックスも、風向きにさらされ
ゆらぐ葉叢の輪郭と

見分けがつかなくなり

空の、最奥の晴れ間のことを
伝えきいた五月の都心の、某日の雑踏はいまどこを
さまようのか――「さまよう」を「移りゆく」に、置きなおす
するとあれらとめどない雑踏こそ
はしばしからわずかな光を洩らし、散らす
くすんだ灰白色の綿雲の
ゆるやかな変化の旅程そのものにも、思えてくる
……信号でとだえた、その断面の青を
深い深い青を、想像する

たとえば池袋、目白、下落合、と土地の名をモザイクをかぞえるように踏み、

歩き、わたくしはガッラ・プラキディア廟堂の天井画の、あの比類ない群青の、
真下まで、たどりつこうとした。だが坂の暗がりへと傾く寡黙な街路図をみて
も、所在はわからない。……ビルのあわいから斜光。しもた屋は薄靄をまとう。
血の名、囮の名、と口にすると
いつのまにか路地は
石段となり
風景を不釣合に区切る見知らぬ糸杉の、ざわめきにいっせいに覆われた

＊

季節のめぐりを三度巻き戻した、……はての、記憶の五月、目黒から品川に抜
ける、路地に迷った。知らぬまに裏道が段丘を象り、覆いかぶさる枝と星、鉢
植えという名の集落、傘の骨のさす未来、それらにそって流れる時間の、不可

視の川の、水の匂いだけをひたすら頼りとして、

いまふたたび、織ること
……そして縫うこと、道を
過ぎた昼のあかるさが、どこか
遠い、遠い器へ
音もなく洩れ落ちてゆく、洩れ落ちてゆく、と唱える路上に
こわれそうなデジャヴュを、置いた
電柱の影がながく伸びてああ十字架にみえると、思う
わたくしはこうして惨劇を踏むと、思う

ハルモニア、……消えゆく自転車の、先端は映像の陽にふれて、いた、

神話のなかの蜜蜂の羽音が、あの夕闇の賑わいへ、……曲がりこむ道なりに、
水銀灯となって点滅して、いった、

裁縫機械の店の、ガラスの曇りの、版図のくずれ、カフェで鈴ふる人、それら
を忘れ、……地球の、西陽のはずれ、旧測候所？　の庭らしき傾斜につながる
鉄柵が、鎖されていた。ここは見覚えがある。だがここを開閉する素振りや、
人影を、……あのときも、いまも、みることがない。いちめん広角に、緑と草
いきれが、動くもののすべて。ヒメジョオンの群落が、わずかにうなずく。
樅の木に、曳かれて通過する配達人の
ちいさく応える声が
外階段の
踊り場から、落ちる——「光が、止まり木」

星間距離をアイスもつ手が測る、裏道の、碁盤の目にも泪――
さいはての校庭は天候が変わりやすいから、金網に舌打ちの、音ひとつのせ、

エヴァンスの旋法《モード》が右廻りに忍びこむ、体育倉庫？　陽に黒く象られ、
なぜ人類は年齢ばかりもてはやす――どうしようか、いっそ光年でかぞえる？

図書館非常口でもつれた声の、糸は、外壁の輪郭につながっていった、
消えがちの種族もいて制服などまとう、……唇にローカル線の名を、

迷路、ルフラン、どちらが親しい時間？　振り返ろうか、
ジャムの空き壜と道具箱をあけて、だれか、車輪を修理していたその一刻を、

風は、鍵、いや風ならばいつか鍵になると、知った。脇をすり抜けてゆくもの、……そののち鉄柵は、ひらいたのか。敷地に散らばる淡い、そよぎの痕跡を踏んだ。すると忘れられた惑星へつづく、裏手の傾斜が誘う。

カンテラ

難船のなごりの木切れをひろい、石畳から高層階をみつめた。
六月のターミナルは、月蝕の匂いに満ちていた。
だからあれらせわしない靴音も不意に、樹間に迷いこむ。
こんな、都心のビル内部にあらわれる深い森は、
裏返された地球の理法なのだろうか――
わくら葉の湿った堆積や、しらじらとした小石の頬を踏み、
エレベーターの閉じつつある扉までの、
大気圏の沈黙に、沈黙で応える。
わたくしは、みえないカンテラをさがした。

灌木とガードレールに、二羽のスズメが飛来し、三羽が去った。
タクシーまで発車した。
見慣れないビルの階段に、アララト山の影がそっと忍び入り、
雑踏の、暗がりに耳を澄ますと海鳴りがきこえた。
干上がるまでの辛抱だと、なぜ思う。
サトゥルヌスも守衛となって、螺旋駐車場で傾いた。
わたくしはいつか、レンゲソウとなってねむる。
「きょうではないある日に、生きなさい。それよりも急ぎなさい」
このとき、鮮烈なまでの軌道で遠ざかっていった遊星の後ろすがたを、
わたくしは、はっきり記憶している。

杉本徹

詩集
『十字公園』（二〇〇三・ふらんす堂）
『ステーション・エデン』（二〇〇九・思潮社）
『ルウ、ルウ』（二〇一四・思潮社）

天《てん》体《たい》あるいは鐘《かね》坂《ざか》

著者
杉本《すぎもと》　徹《とおる》
発行者
小田久郎
発行所
株式会社思潮社
〒一六二―〇八四二　東京都新宿区市谷砂土原町三―十五
電話〇三（三二六七）八一五三（営業）・八一四一（編集）
FAX〇三（三二六七）八一四二
印刷・製本
創栄図書印刷株式会社
発行日
二〇一九年九月三十日